アトリエ

atelier

ISHII KOUSEI

石井洽星句集

ふらんす堂

序

石井治星さんはつぎつぎと新鮮な驚きをくださる方である。出会いの初めは一本の電話だった。「秋麗」の句会に参加したいと、ご本人からかかってきたのである。「秋麗」には会員の紹介で入会する人が多かったので意外だったが、もちろんすぐに参加していただいた。お会いした治星さんはエレガントな装いで上品な物腰、そして寡黙な方だった。席につくと背筋を伸ばし、真っ直ぐに前を向いておられる。その姿から、学問に飢えて学舎にやって来た女子学生のような印象を受けた。社交的にふるまうことはされなかったが、周囲の雰囲気に自然に溶け込んでおられた。既に俳歴があるらしかったが、句会に馴れているといった態度も出されない。その初々しさも驚きの一つだった。そして何よりも俳句で私を驚かせた。

ビル風にわたしは紙縒秋さびて

晩秋の都会で、ビル風に煽られて前に進めなくなった己を、紙を縒って作る紙縒のようだと表現している。思い切った比喩だが、何かに翻弄される人の姿を想像させた。「わたしは紙縒」に嫌味のない自己愛を感じた。
他にも洽星さんはさまざまなものに自身を託される。

秋の日の擬態となりて安らぎぬ
逢ふときは一枚の羽根夏の宵
助手席の私はエリー夏の海

一句目は秋の野山を歩き続け、自然と一体になった安堵感を昆虫の擬態と捉えた。二句目は逢瀬の高揚感を、ふわふわした一枚の羽根になぞらえた。三句目は海辺を走る車の助手席で、サザンオールスターズの「いとしのエリー」のような、若い恋人になった気分を味わっている。どれも新鮮な発想の変身で、私はたびたび驚かされ、魅了されてきた。変身と書いたが、洽星さんの胸の奥にある青春性の表出であって、羽根になることもエリーになることも、洽星さんには自然なことなのかもしれない。

空までも歩いてゆける白き靴
鞦韆やガラスの靴を履きしまま
あぢさゐやまだ終らない隠れんばう
家中に絵を描きたし冬の濤

白靴で空までも歩いて行かれそうだと膨らませた夢も、ガラスの靴を履いたシンデレラの夢も、幼い頃の遊びの続きも、すべて現在の洽星さんの中に息づいている未来への憧憬ではないだろうか。決して幼稚なのではない。若い精神が詩のエネルギーとなる。第一印象で女子学生のようだと思ったことは当たっていたのかもしれない。さらに、家中の壁に絵を描きたい、それも激しい冬の怒濤を描きたいという熱情。洽星さんの詩の源泉はこの若さと熱情にある。

こうした独創性はどこから来るのかと不思議に思っていたが、ある時、控えめな言い方だったが打ち明けてくださった。若い頃に企業の付属病院で栄養士として働かれたあと結婚し、母となった。主婦業のかたわら趣味として、料理、絵画、押し花、華道、フラワーアレンジメント、映画鑑賞、登山、和歌、写真などに夢中になった。特にフラワーアレンジメントは専門的に取り組まれたという。その多彩に過ごした日々に培われた美意識が洽星さんの詩の世界の土壌になっているようだ。
俳句に出合ってから十年間ほど、他の結社で学ばれたという。それが本書の第一章に収められている。その章には俳句の骨法を存分に生かした写実的な句が多い。

風荒れて大凧骨となりにけり
大夏野夜汽車ゆるゆる灯を運ぶ
母逝きて円座重ねしまま梅雨に
千尋の杉谷渡る霧の音
もう疾うに凧の形なる干菜かな
尾の先は南部富士まで鰯雲

岩手県を郷里にもつ洽星さんは、ご親戚が岩手や宮城におられて東日本大震災の被害に遭われ、その衝撃で俳句が出来なくなってしまい、句作を中断した。しかししばらくして再開することを決心し、「秋麗」に入会されたのだという。それ以降の句が第二章に収められている。

大海の殻を破りて初日の出

春潮や女一生眠たくて

貝殻の散華八月の砂浜

神様の永き悲しみ梅雨深し

海の近くに長くお住まいだった洽星さんには海の佳句が多い。初日の出を迎える大きな風景が詠まれた句、女性の生涯を春潮に託した句、砂浜の貝殻は戦死者を弔う散華だと思った句。事実を俯瞰して客観的に詠まれた句には普遍性がある。「神様の永き悲しみ」の句もその視座である。人間の歴史を俯瞰したとき、人間は神様を悲しませ続けてきたのではないか、降りやまぬ雨は神様の涙ではないかと思った。深い洞察である。

人生の深淵を覗いた句も詠まれているが、個人的な嘆きや不安などは言葉にせず、象徴的な表現を崩さない。しかも老いを跳ねのける明るさがある。

空蟬や別れは人を強くして
逃水や老いは幻影かもしれぬ
花野きてわが祭壇の見つからず
まだ夢のつづきを探す歌留多かな

空蟬の句では、別離によって人は強くなるのだと言う。逃水の句では老いを寄せ付けないという意志を見せ、花野では死の予感を退けようとする。そして歌留多に興じつつ、夢を見続けて生きてゆきたいと願うのである。

数年前、転居をテーマに秋麗作品コンクールに応募した二十句が、特選第一席に選ばれた。本句集では「家移り」としてその一部が収められている。その中に家族の絆が感じられる句があり、胸を打たれた。

古雛どこかに父の香りして
春の日の娘へ渡す桐簞笥
歳時記は母からのもの春の月

本句集は洽星さんが愛して来られたご家族からの応援があったからこそ生まれた作品群でもあることを知った。
令和元年に秋麗賞を受賞され、現在は後進の指導もしておられる。詩的な発想が豊かで自在な表現をもつ石井洽星さんの世界を多くの方々に知っていただける機会として、この句集の出版を心から嬉しく思う。そして俳壇でのますますのご活躍を期待してやまない。

令和四年　水無月

「秋麗」主宰　藤田直子

アトリエ＊目次

装画　石井洽星

句集　アトリエ

石井洽星

第一章

二〇〇三年～二〇一二年

Ⅰ　桜の実

秋冷の守護神となる大欅

秋時雨売店の麩を積みなほし

幸福のはじけてゐたる夕柘榴

大空の絹のスカーフ秋の虹

夜神楽や三神和合の物語

漆黒の闇を屏風に里神楽

水色のマフラーを編む十五歳

冬の鳥乗せて木馬は嘶かず

旧かなで店仕舞ひ告ぐ冬椿

大方は許せることよ朴落葉

初日の出真帆金色に染まりけり

一対の榊の緑若水へ

料峭の忘れものめく小舟かな

春愁やたてかけてある古き琴

雛菓子の福をいただくゆふべかな

雑巾さす針の痛みや蝶の昼

海光や椿の下を墓と決め

風荒れて大凧骨となりにけり

惜別の報せや更けて春の雷

貝風鈴鏡の奥に鳴りにけり

みづうみの風を揉みこむ新茶かな

大夏野夜汽車ゆるゆる灯を運ぶ

病む母の耳に揺らせり桜の実

母逝きて円座重ねしまま梅雨に

声あげて児のよろこべる日向水

二つ目の橋を渡りて荒神輿

白足袋の土色となる深川祭

地の人と目礼交はす盂蘭盆会

天蓋の桜紅葉や双体仏
千尋の杉谷渡る霧の音

実となりし秋海棠や鄙の宿

底紅の紅を閉ぢたる日暮かな

こはもてのどこかやさしき鶏頭花

もう疾うに風の形なる干菜かな

花立ての氷を捨つる母の墓

埋火やうつかりすると泣きさうに

昨日の雪残る三河に雪降り出す

亜熱帯の貸植木置く冬のビル

祝砲の挙る港の大旦
鳥たちへ七日のはこべ餌台に

宿までをくろもじの花荷に挿せり

野仏のまだ眠たさうげんげ風

蘆の角なにに驚く魚影かな

座禅草疲れて禱り解きにけり

船笛やベイブリッジの朧なる
足跡を攫うてしまひ春の浪

菜の花のつづくその先新居訪ふ

木苺摘む昨日の罪を消すごとく

六月や高枝鋏さらに上げ

倒木を大地に還し草茂る

門灯をめぐりて游ぐ火取虫

しばらくは軟体動物大昼寝

闇に爆ぜ深き闇よぶ花火かな

おしゃれしてよく働きて夏の果

Ⅱ　檣灯

秋気澄み雲のちぎり絵未完成

ながれ星出合ひと別れ人の世に

野球果て初秋の風に一礼す

秋茄子カレーを辛く辛くして

文字盤は秋天にあり時計塔

風少し渓の紅葉を急かしをり

尾の先は南部富士まで鰯雲

檣灯を残せる霧や船溜り

ふんだんに山の幸あり神渡し

植木屋の総出や寺の冬構

みどりごのひよめき匂ふ初明り

初笑ひ摑まり立ちを皆で褒め

並べ置く黒板消しに冬日差し

山積みのポップコーンや梅まつり

うららかや橋の弧線に入る半島

ふらここの鎖にからむ月の翳

春の土均しイーゼル立てにけり

さしかくる傘のうちより流し雛

花筵どこも上座でありにけり

座禅草そろそろ歩きだしさうな

わだつみの麗しき眉虹立てり
竹落葉はらり想ひ出褪せにけり

タラップに白靴はづむ船着場

天と地のあはひに眠るハンモック

人形の向き変へてみる夏の朝

ふとよぎる不安のかたち黒揚羽

緑陰を出て緑陰をめざしけり

アルプスを崩してしまふかき氷

失せものの扇子見つかる喪のバッグ

ドアノブの灼けて渚の喫茶店

羅の袖を通さぬ月日かな

天帝に摘まれて花火果てにけり

Ⅲ　夕霧

夕霧や孵らぬ卵だいてをり

盆唄や夜風をたぐる指の先

湯剝きして冬のトマトをボルシチに

二畝は出荷のすみし葱畑

立つだけの火の見櫓や遠蛙

第二章

二〇一三年〜二〇二一年

Ⅰ 紙縒

ビル風にわたしは紙縒秋さびて
急がざる浮木は秋の風まかせ

根菜の煮染をねかす夜半の秋

下町の店の灯冴ゆる旦暮かな

寒き夜やこんと湯桶の音もして

懐に湧水を秘め山眠る

大海の殻を破りて初日の出

雪催ロックの音量上げにけり

をんなやもしれぬ青鬼節分会

都会てふ迷宮にをり春吹雪

天網を零れて激し春の雪

辛夷咲く魔法使ひの長き爪

春雨や火のそばに引く莢のすぢ

山上のシテとなりたる大桜

暮るるまで此岸の桜見てゐたり

短夜の騙されてゐる手品かな

火蛾静まりガレのランプとなりにけり

猫脚のサイドテーブル黒麦酒

瞑想に紛れ込みたる夏の蝶
フランベに少し仰け反りアマリリス

大花火果てて夜空の醒めにけり

秋を描く絵筆に白を含ませて

みづいろの好きな彼の人盆の花
待つことは灯を消さぬこと白木槿

犯人の伏線読めて鶏頭花

秋の日の擬態となりて安らぎぬ

コスモスの群落のなか出奔す
穭田の予後にも似たるやはらかさ

福耳の羅漢も老いて小六月

冬紅葉この光明に立ち尽す

墓仕舞未だ決めかねタ桜

山風に古武士のごとく懐手

一点の綻びもなし寒の水

万象や枯木は鳥へ差し出され

桟橋に眠る巨船や寒昴

早春のひかりで磨く朝の窓

身の内に潮の干満春の月

考となりやがて妣にも春の雲

青饅やいつか夕餉の早くなり

花林檎母の時計の銀の螺子

たましひの文字に鬼ゐて桃の花

永き日やレンガ倉庫のミニライブ

幼子の耳ある帽子夏隣

天道の差配を待ちて暗闇祭

詩集持ち薔薇のアーチを潜りけり

噴水や風に赦しを請ふかたち

造花めく夏暁の手足かな

逢ふときは一枚の羽根夏の宵

冷房を出て黒髪の息づきぬ

梅花藻の花の螺鈿や柿田川

髪洗ふ目を瞑りても見ゆること

美食家の話上手や山椒の実

貝殻の散華八月の砂浜

秋澄むや地蔵になれぬ磧石

早生柿や奈良の夕日をてのひらに
野原これ虫籠となる日暮かな

折紙のつくれぬ丸よ月の秋

秋うらら紐引つ張れば鳴る玩具

秋祭り夜の校舎の迫り出せり

天の川いまも露宿の旅にあり

水晶も象牙もはづす寒露の日

花野きてわが祭壇の見つからず

香煙を残せしは誰秋の蟬

わが影の日時計となる冬日かな

冬の日のパンパスグラス女優めく

列島は魚のかたちよ雪催

人日の粥に淡路の藻塩差す

春の空青年の靴尖りたる

去る人の残せし揺れや半仙戯

花冷や湯引きの魚の反り返る

抜襟に春のショールを人形町

春灯の岸に待ち針打つごとし

アトリエと思ふ厨の三月菜

裏漉器新しくして春らしく

春の朝供花の水をまづ換へて

花巻は苗代寒や野辺送り

藤の花故郷にきて老いにけり

鋭き汽笛霞の海に頻りなり

山裾に青葉隠れの旧家かな

夏の日のカンバスにまづ水平線

空までも歩いてゆける白き靴

更衣鉢の植木も切りつめて

卯の花や雑誌「それいゆ」読みしころ

箱根路のジープの父の日焼かな

朝焼や短編映画のプロローグ

夕焼に子供の声の透きとほる

歌手老いて聴き手も老いて麦の秋

順へば窒息しさう蔦かづら

新米や刻は静かに流れをり
さ湯飲めば心緒に律の調べかな

紅葉見や高さのあはぬ旅枕

行く秋や毎日ちがふ吾に会ふ

姨捨　三句

ざわざわと背筋冷たき長楽寺

母を負ふをとこの背よ冬の影

姨石に立つや冬天迫りくる

北風や髪の魔ものが目を塞ぐ

太箸を置きて抱負を聴きにけり

一部屋に梅を活ければ梅の家

畑打や土の鼓動を均しつつ

小さき児の小さき骨壺春の雪

化粧して朧の淵に立ちてみる
鞦韆やガラスの靴を履きしまま

名木に近づくまでの春の泥

花冷や茶店に浅く腰かけて

淡白といふはややこし焼鰆

越えられぬ山河ありけり春の星

恋猫や尾錠金のつく黒チョッキ

逃水や老いは幻影かもしれぬ

手始めに春風通す農具小屋

永き日や積み肥運ぶ猫車

神様の永き悲しみ梅雨深し
助手席の私はエリー夏の海

Ⅱ　夢の木

池の面に崩れ落ちたり萩の裾

野の神も木の神も八千草のなか

実山椒待ち草臥れて老いにけり

それぞれにそれぞれの本星月夜

夢の木を啄みつづけ暮早し
水涸れてどこへ隠れればよいのか

家中に絵を描きたし冬の濤

煮凝や戦士のごとき考のこと

ヒマラヤの岩塩を挽く冬銀河

カンバスを墓標と思ふ枯葎

川べりの屋台括られ雪催

霜の夜の束子で洗ふ土鍋かな

冬桜近くて遠き三姉妹

薄氷やゆふべの星をとぢ込めて

草萌や土の懐かぎりなく
たたう紙にこよりの紐や夕ひばり

蒲公英の茎空つぽといふ強さ

春潮や女一生眠たくて

忘れてもういいだらう落椿

蜘蛛の囲や蜘蛛長々と留守をして

信州　五句

いにしへの出陣の地の草いきれ

戦にも夕焼の刻ありにけり

横たはるあれは井月夏の雲

義仲や夏の双蝶墓に舞ふ

雨を招《よ》ぶマリア地蔵や栗の花

再会は海見渡せる夏館

レース着て女はひとつ年をとり

絵日傘をまはして海へ行つたきり

摂待の座敷を渡る山の風

秋雨や説法を聞く小暗がり

うつすらと指に火傷や初時雨

影さへも持たぬ冬蝶過りけり

セロ弾きのをとこのカフス白木蓮

春眠やかの世の胸の広きこと

海へ出る小暑の道をふり向かず
夏の果座るところを探しをり

鎌倉はひとりが似合ふ萩の雨

初紅葉このまま行けば別れ道

鶏頭花超然として実を零す
くたびれし木々にやさしき秋の雨

手品師の布を払へば曼珠沙華

翼持つグランドピアノ秋うらら

家移り　十一句

寒夕焼積木の家を仕舞ふとき

白菫まづ仏壇を小さくせり

古雛どこかに父の香りして

春の日の娘へ渡す桐箪笥

初花や印鑑いくつ捺したやら
足もとの地を固めよと春の雨

歳時記は母からのものの春の月

淡雪や取りに戻れぬ忘れもの

揚雲雀森の話をしに来たり

新しき鍵や四つ葉のクローバー

鯉幟産土神に納めけり

夏山河繙くごとく旅にあり

あぢさゐやまだ終はらない隠れんばう
凌霄の散つて夕日を重くせり

日の色になりて秋草をはりけり
十六夜ややかやうに愛は細りゆき

桃の実や蕪村は娘溺愛し

百色のクレヨン百色の秋思

姉さびし妹さびし萩の花

芒野の魔女は箒を置き忘れ

山姥を演じてみたき紅葉山

秋深し釘に下げおく棕櫚箒

初雪やフード被れば耳疎し

狼やをとこの胸の刀疵

ジョーカーをわざと引きたり冬休

初雪や轍が轍こはしゆき

色彩を持たぬ思ひ出枇杷の花

初日の出瑞祥の水尾したたらせ

人日の椀に仄かな野のかをり

つり革の革のなくなり夕長し

花冷を抱き留められぬ男かな

苗木植う大地に深く添へ木して

白神の橅の新緑極まれり
夕方はまだ明るくて花あふち

苺煮る琺瑯鍋の木の取つ手

眠草ははの真珠をつけてみる

梅雨の月空にも湖のあるやうな

昼寝覚め我の背後に我のゐて

Ⅲ　歌留多

字の透けるペーパーウエイト今朝の秋

花野きて白狐の面をはづしたる

方角に明るき人よ男郎花

寺町に馴染みの花屋濃竜胆

流木は雲の色して秋深し

ランプ点くダボス山荘霧深し

らくがんは小鳩のかたち七五三

硬き身を寄せ宿坊の長蒲団

片手挙げ冷たき夜気へ去りゆけり

木目込の雛も喜寿を迎へけり

薔薇の芽や少女賢き黙を持ち

壺焼や原始のごとく火を囲み

柩なき別れとなりぬ養花天

風船やいまもどこかにバンクシー

嬰児は乳をふふみて花筵

川下の気楽な暮し糸柳

暖かや広縁に置く古ミシン
還るとは縁起良きこと雨蛙

寄宿舎の厳しき舎監花茨

空蟬や別れは人を強くして

南方に野分生まれて眠気来る

給仕せし者も加はり古酒新酒

秋の蚊のさびしき人を見つけたり

秋風やいまなら哀歌つくれさう

ゆつくりと仏具拭きをる菊日和
まだ夢のつづきを探す歌留多かな

あとがき

この句集には二〇〇三年から二〇二一年までの三〇九句を収めました。

第一句集を編むにあたり、改めて来し方の句を読み返してみますと、一句一句にその時々の心情が懐かしく甦りました。それは大変豊かで幸せな時間でした。集名は「アトリエと思ふ厨の三月菜」から決めました。私の胸のアトリエから生み出された俳句であるという思いです。

これからも結社「秋麗」の標榜であります「まぎれもない己がある句」に少しでも近づけたらと思っています。

お忙しいなか選句の労と身に余るご序文を賜りました藤田直子主宰に心より感謝申し上げます。師との出会いは私の人生の揺るぎない礎となりました。

また、温かい輪の中に入れて頂きました句友の皆様とのご縁は、何ものにも代えがたいものでございます。

そして、ずっと夢を追い続ける私を見守ってくれました家族にも感謝いたします。

令和四年　文月

石井洽星

著者略歴

石井　洽星（いしい　こうせい）

1943年（S18）　岩手県生まれ
2001年（H13）　作句開始
2013年（H25）「秋麗」入会
2016年（H28）「秋麗」同人
2019年（R１）　第９回「秋麗賞」受賞
現　在　　　　「秋麗」同人　俳人協会会員

現住所
〒235-0033　横浜市磯子区杉田5-26-1-103

句集　アトリエ　あとりえ

二〇二二年九月一一日　初版発行

著　者――石井洽星

発行人――山岡喜美子

発行所――ふらんす堂

〒182-0002 東京都調布市仙川町一―一五―三八―二F

電　話――〇三（三三二六）九〇六一　FAX〇三（三三二六）六九一九

ホームページ　http://furansudo.com/　E-mail　info@furansudo.com

振　替――〇〇一七〇―一―一八四一七三

装　幀――和　兎

印刷所――明誠企画㈱

製本所――㈱松岳社

定　価――本体二八〇〇円＋税

ISBN978-4-7814-1500-0 C0092 ¥2800E